Entre amar e morrer,
eu escolho sofrer

Sacolinha

Entre amar e morrer, eu escolho sofrer

Um conto da pandemia

todavia

"O coração humano produz energia suficiente para mover um caminhão por cerca de 32 quilômetros. Ao longo de uma vida movimenta o equivalente a 435 toneladas de sangue. E seu peso varia entre 250 g e 300 g na vida adulta."

Bibiano lembrava dessas informações aprendidas nas aulas de biologia quando ainda estudava. Era apaixonado pela professora. No dia dessa aula, ela perguntou para ele o porquê daquele brilho nos olhos e sorriso apaixonado.

— Está no mundo da lua, Bibiano? Ficou encantado com a aula sobre o coração?

— Professora, pelo que aprendi, o coração é um órgão poderoso e vital, mas não é imune ao amor.

A sala toda riu e alguns até aplaudiram o mais novo poeta da turma, mas nenhum deles, a não ser a professora, percebeu a indireta do rapaz. Desse dia em diante, ela passou a evitar, ao máximo, o aluno apaixonado. Bibiano sofreu bastante mas, como se tratava de um amor platônico, passou rápido. Nada comparado com o que lhe espera a partir da noite de hoje.

Havia acabado de sair da casa da namorada, agora ex. Foi um ano de paraíso, ao menos para ele, que não teve olhos pra mais nada. As juras de amor eram muitas, e ele até já era capaz de visualizar um futuro lindo ao lado dela.

Há dias inquieta e diferente, a namorada parecia estar tentando dizer algo. Bibiano pensava se tratar de algum problema em casa. E hoje, finalmente, ela tomou coragem:

— Bibiano?

O coração do jovem disparou. Lembrou de sua mãe, que só o chamava pelo nome quando ele havia feito algo de errado.

— Por que tá me chamando assim, amor?

— Não dá mais pra gente continuar.

— O quê? Tá querendo me matar de susto? Não se brinca com coisa séria — disse o namorado meio sem graça.

— A gente precisa terminar.

A garota aproveitou a coragem e disse tudo, antes que fosse dominada pelo sentimento de dó pelo rapaz. Falou do garoto que havia conhecido na faculdade, que não era justo sentir pela nova amizade o que já não sentia pelo namorado. E quando viu Bibiano, banhado em lágrimas, se ajoelhar, apressou-se a entrar pra casa, deixando a sua última frase em meio ao clima de tristeza que se instalava.

— Sinto muito, sinto muit...

Bibiano chegou no portão de sua casa e ficou por ali, fazendo hora. Não queria ser questionado pelo pai, alcoólatra, por chegar com os olhos vermelhos e o rosto bastante abatido. O pai sempre falou para não dar muito valor às mulheres:

— Escuta só, moleque. Na primeira oportunidade, elas passam a rasteira em você.

"Será que meu pai tem razão?", pensava, sentado na calçada. Depois, com a masculinidade ferida, imaginou que ele não valia nada perto desse cara que ela conheceu na faculdade. "O que ele tem a mais que eu? Só porque eu não tenho uma faculdade? Mas ela sabe do meu desejo de cursar artes. Ela sabe o quanto eu gosto de grafite." Lembrou da mochila com os sprays que estava no quintal. Entrou e saiu de mansinho. Com a mochila nas costas e uma latinha de tinta na mão, andou pela comunidade desabafando pelos muros:

Amar dói
Pior que a saudade é amar sem ser amado

Evitou ao máximo se expor, mas em um último momento de amor e humilhação, assinou seu nome de artista na frase:

Jéssica, eu ainda te amo - Bi²ano

Só chegou em casa de madrugada.

"O cérebro humano pesa aproximadamente 1,3 kg, consome 20% do oxigênio que entra em nosso corpo e recebe cerca de 25% do sangue, que é bombeado pelo coração. Ele não envelhece e, quanto mais estimulado, mais forte fica."

De máscara e luva, Malú, jovem negra de trinta e dois anos, anda em direção à padaria, naquela que é a maior favela do estado. O lugar nem aparenta estar vivendo a primeira semana de quarentena. Vielas e calçadas lotadas fazem lembrar aqueles dias quentes de férias escolares, sobretudo dezembro, semana de Natal. Ela concorda com as primeiras frases que saem da caixa de som de um boteco:

Bonito!
Que bonito, hein!
Que cena mais linda...

"É! Cena digna de filme de terror daqui a alguns dias", pensou. Malú imagina os braços de um trator erguendo corpos indiscriminadamente e despejando na caçamba de um caminhão. Aquela gente toda na rua, era uma falta de respeito com a sua mãe que havia falecido uns três dias antes por causa do coronavírus. A cerimônia de despedida fora proibida. O caixão, lacrado. Não houve abraços e nem aperto de mãos seguido dos tradicionais "meus pêsames". E ali na favela, só ela de luto, só ela sentindo aquela dor imensa.

Que lixo!
Cê tá de brincadeira

Cogitou gritar para os moradores que aquela doença era coisa séria. Naquela tarde de março de 2020, já eram cento e dez mortos e mais de três mil casos de infectados confirmados em todo o país. Não teve forças. O máximo que saiu de sua boca foi um "Vão pra casa, gente!", abafado pela cantora traída pelo marido:

Que decepção
Um a zero pra minha intuição

Malú voltou para casa. Tremia de raiva, de medo. Não queria estar certa dali a uma, duas semanas. Mas algo dizia que estaria.

— Porra, Bisteca, e não é que os caras tão falando em parar os jogos até o coronga passar?

— Aí não, patrão! Desse jeito eu mesmo vou ser obrigado a dar uns teco nesse vírus cu de burro.

— Ó lá, Titéla, o Bisteca não mata nem a fome dele, e diz que vai matar o coronga. Só se for de rir.

Dentro da boca de fumo, a gargalhada é geral. Eri, proprietário e chefe da boca, costumava passar por ali todos os dias à noite para conferir pessoalmente o andamento dos negócios. Hoje decidiu pedir umas pizzas e confraternizar com os seus gerentes. Em um milésimo de segundo em que o silêncio foi possível na pausa da gargalhada, Eri captou uma voz feminina vinda lá de fora. Sacou da arma e pediu silêncio:

— Calmô, calmô...

Segundos eternos de tensão só foram quebrados pela "batida-senha" na porta. Um dos funcionários entrou explicando a situação:

— Patrão, tem uma mina aí fora querendo falar com o senhor. Disse que é um particular do seu interesse e te chamou de Erivânio.

Houve uma troca de olhares curiosos no ambiente. Com exceção dos familiares, ninguém mais chamava o dono da boca assim. Muitos, inclusive, nem sabiam desse nome.

Como Eri não respondia, o funcionário continuou:

— Mandei rapá fora, mas a mina tá decidida. Disse que só sai depois que o senhor atendê.

— Vê se não tá armada e manda entrar — ordenou Eri.

Enquanto o patrão olhava pelo vitrô, um gerente brincou para quebrar o gelo:

— Forrou, hein, patrão. Hoje tem!

— Que mané forrou, Titéla. Mais respeito que é moradora.

A moradora entrou.

— Oi, Erivânio!

— O que te traz aqui, Malú?

Muita coisa a levava até ali. Pensava em alguma solução desde o dia em que fora à padaria e testemunhou a comunidade indiferente à quarentena. Nunca foi de ficar parada. Nesse quesito, puxou à mãe, sempre com boa atitude e disposição. Bastou dois dias para Malú se decidir. As notícias pela TV, um biólogo falando em milhões de mortos, as *fake news* e os memes que recebia constantemente pelo celular a ajudaram a se levantar do sofá, guardar sua dor no bolso, sair do luto e chegar até a boca de fumo.

Antes de chegar na boca de Eri, ela foi ao terreiro. O pai de santo estava presente, mas quem a atendeu foi o Preto-Velho.

Oia, minha fia, o Pai num tá feliz com o povo aqui da terra, não. Ele tá pensando mandar uma praga pra dizimar tudo, mas antes tá mandando uma onda com o nome de um vírus, que é pa vê se as pessoa se apruma e toma jeito nessa vida. A mãe natureza já num guenta tanto descaso... hum, hum! Guenta não. Se ocês num se ajeitar dessa vez, a praga vai vim e consumir ocês tudinho. As pessoa tão egoísta e vive com medo. O medo cega, a angústia cega, o desespero cega. As pessoa lida com coisas externa para não lidar com coisas interna. Esse momento é de aprendizado. É necessário se trancar para se abrir, se trancar para se conhecer, se compreender, se fortalecer e lidar com a solidão. Se tá incomodado de ficar em casa, o problema não é a casa física. O problema é a casa interna. A natureza é mãe e como mãe, tá ensinado. O momento pede para lidar com o silêncio da alma. O silêncio dói, eu sei, mas a solidão é necessária. Minha fia, ponha sua cabeça aqui debaixo da minha mão. Ocê foi escolhida. Vai, minha fia, cria jeito de diminuir a dor desse povo e faz acreditá que eles não são nada perto da ira do Pai. Sua mãe tá bem cuidada, fia. Com ela não precisa se preocupar. Vai em paz pra encampar essa luta.

Eri se lembrou da perda de Malú. Perguntar logo de cara, o que a trazia ali, não era legal.

— Sinto muito pela sua mãe. Meus pêsames — recomeçou Eri.

— Obrigada. É sobre isso que eu quero falar com você.

Malú disse da sua preocupação e expôs os números. As comunidades e os bairros pobres seriam os mais afetados naquilo tudo. Algo precisava ser feito.

De início, Eri relutou. Afirmou que aquilo não era problema seu. Que ele não era prefeito e nem médico.

— O governo que se vire.

— Pois é, Eri, mas o governo tá pouco se lixando pra gente. Onde estava o governo quando seus pais vieram do Norte pra tentar uma vida melhor? Onde estava o governo quando seu pai morreu na construção civil e a sua mãe tinha que acordar às três da manhã todos os dias pra trabalhar e você ficava sozinho em casa?

A situação exposta por Malú era mesmo preocupante. Eri lembra a época de escola em que ela sempre foi uma aluna inteligente, que sacava as lições muito rápido, sempre à frente de todos da sala. Não seria possível que ela estivesse errada.

— E afinal das contas, Malú, você vem fazer o que aqui? Me pedir autorização?

— Não! Vim te pedir uma parceria.

— Me explica esse negócio direito.

Primeiro era preciso dar um chacoalhão na comunidade. Fazer os moradores entenderem que aquele vírus não era uma simples gripezinha. Depois criar uma estrutura mínima para atender o pessoal ali mesmo na comunidade.

— Hospital não vai ter pra todo mundo. Se antes a gente chamava e a ambulância já não vinha, imagina agora.

Teria também que pensar em uma forma de distribuição de alimentos, cesta básica, marmita... E também kits de higiene. As famílias estão ficando sem trabalho. Nesse ponto da fala de Malú, Eri deixou claro que ajudaria, mas que não podia entrar com dinheiro.

Malú afirmou que aquele problema era de todos e que era preciso a união das lideranças, dos professores, dos artistas da comunidade...

— É uma situação extremamente nova para o mundo, mas somente quem tiver visão de futuro e de coletividade é que vai sair dessa sem grandes sequelas. Eu acredito que agora é a hora de você colocar seu sonho de criança em prática.

Eri demonstrou que não sabia de que sonho ela falava. Malú o fez relembrar uma peça de teatro infantil que apresentaram na escola, onde ele tinha feito o papel do personagem que tirava dos ricos para dar aos pobres. Depois dessa encenação ele sempre falava que quando crescesse seria o Robin Hood.

— Então, a hora é agora. Vender seus bagulhos para os playboys e usar o dinheiro para cuidar da comunidade, afinal de contas os ricos que trouxeram esse vírus pra cá.

A reunião fora marcada na quadra da escola. A ideia era reunir membros da diretoria e da comunidade para decidirem a saída do presidente da Associação de Moradores, que vinha sendo suspeito de desvio de verbas. Apesar da gravidade da situação, apenas trinta pessoas se encontravam ali. Entre eles, algumas crianças empinando pipas e alguns curiosos procurando brigas e espetáculos vergonhosos para filmar e espalhar pelo WhatsApp.

Malú, que estava na reunião desde o início, pediu a palavra. Formada em história, militante negra e ativista social, começou dizendo que o país nasceu errado, cresceu errado e continua vivendo errado. Que não se combatia o erro com mais erro. Aquela aglomeração era um equívoco. Não era momento para reuniões, assim como não era momento de desunião.

— Minha mãe morreu vítima desse vírus desconhecido. Eu não pude acompanhá-la ao hospital, não tive tempo para um adeus e nem sequer pude ver pela última vez seu rosto no caixão.

A plateia começava a se sensibilizar. Uma mulher limpou os olhos, outra com o filho a tiracolo meneou a cabeça em sinal de aprovação. Alguns começaram a arrastar cadeiras, para manter distância. Um membro da diretoria, mais exaltado e preocupado com os seus projetos políticos, gritou:

— Mas não dá pra deixar presidente corrupto dominar a nossa Associação.

— Deixa ele de fora neste momento. Vamos resolver esse problema depois. Agora é hora de salvar o povo desse vírus.

E sobre gritos de apoio às suas ideias, Malú continuou:

— A briga é maior, gente. Nos próximos dias as pessoas não terão o que comer. As diaristas estão ficando sem emprego e não vão ter dinheiro para pagar o aluguel, não sabem se vão ter o que comer na semana que vem ou até mesmo amanhã. As autoridades falam pra lavar as mãos com água e sabão por vinte segundos, mas a gente mal tem água na comunidade. Quem aqui já chegou do trabalho à noite e não tinha água na torneira?

Muitos levantaram as mãos. E Malú cerrou os punhos e aumentou o tom da voz.

— Então! Existe um racionamento velado de água aqui na comunidade, todas as noites e nos finais de semana. Ou seja, gente, a nossa luta não é somente contra o presidente da Associação de Moradores. Não é somente contra um vírus desconhecido. É uma luta contra a fome, contra a miséria e contra as autoridades políticas que não têm capacidade de desenvolver um saneamento básico digno para os treze milhões de favelados que habitam este país.

Gritos de "Viva o povo da favela" e "Malú para presidente da Associação" foram entoados sem parar. A empolgação se fazia presente e ninguém mais se lembrava do propósito inicial da reunião.

— Falem com o padre, com os pastores, com os amigos e professores. Precisamos da união de todos, porque unidos seremos mais fortes que qualquer governo.

Para o desânimo daqueles que aguardavam os socos e pontapés, os moradores foram se dispersando aos poucos, cheios de vontade de preparar a comunidade para o enfrentamento do coronavírus.

Na semana seguinte já dava para ver os primeiros resultados da união e solidariedade dos moradores. A criação da Brigada da Saúde e Integridade Física e Mental da Comunidade foi uma iniciativa pioneira no combate ao coronavírus em bairros periféricos. A comunidade dava de dez a zero no governo do estado e na prefeitura. Enquanto o estado sugeria quarentena e o uso de máscara, ali na comunidade havia sido decretado toque de recolher das dez da noite às seis da manhã. Nesse horário, na rua só quem estivesse indo ou vindo do trabalho. Os Fluxos, famosos bailes funks realizados ao ar livre na rua, foram proibidos. E o uso de máscara era obrigatório. Para isso foram distribuídas duas máscaras de pano para cada morador.

E quem fiscalizava, tanto a circulação quanto o uso da máscara, eram os "coordenadores de rua". Cada rua na comunidade elegeu o seu coordenador, que não tinha somente o papel de ver o que estava certo ou errado, ele também via e anotava as necessidades básicas dos moradores, bem como a casa que tinha alguém com os sintomas da Covid-19. E foi um desses coordenadores que descobriu que Bibiano estava infectado.

De início, Bibiano conseguiu esconder. Mas em uma das idas do seu pai ao boteco, foi possível ao coordenador de rua perceber que havia caroço naquele angu.

— O moleque tava muito quieto. E eu sabia que alguma coisa tinha. Esses dias ele foi lá pro centro se encontrar com os amigos que pintam muro com ele e chegou triste. Eu logo botei na parede, porque ele sempre voltava feliz desses encontros. "Que que tá acontecendo, moleque?" E foi então que ele me falou que tinha levado um pé na bunda da namorada.

O pai de Bibiano, já bêbado, pausou a fala para bater com as costas de uma mão na palma da outra, como quem confirmava o que já sentia.

— Foi batata! Eu sempre falei pra ele que mulher num presta. Agora tá lá, amuado. Ficou trancado no quarto a semana toda com uma tosse miserávi.

Era o primeiro dia de funcionamento do Plantão Médico 24h, que a Brigada havia contratado. Uma equipe com cinco profissionais da saúde: médicos, enfermeiros e socorristas, além de uma ambulância.

Ao ser acionada, a equipe chegou na casa de Bibiano em seis minutos. Ele não quis ser atendido e foi preciso entrar à força em sua casa. Após a triagem, a equipe constatou que Bibiano estava com todos os sintomas da Covid-19 e necessitava ser levado ao hospital com urgência. Mas ele se negava. Com muita dificuldade na fala, argumentou:

— Uma coisa é vocês entrarem aqui pra me consultar, a outra é querer me levar contra a minha vontade para o hospital. Já tô isolado pra não contaminar ninguém, então me deixem em paz. Se quiserem me ajudar, me deem algum remédio pra diminuir a dor, aí passa uma fita aí na frente da casa pra ninguém se aproximar e já era. Já não se pode mais morrer em paz neste mundo?

A equipe passou a situação para o grupo responsável pela Brigada. Foram orientados a aguardar que alguém iria para lá. Enquanto esperavam, receberam a informação de que o doente já vinha sofrendo antes por conta do fim do seu relacionamento. Então entenderam por que o jovem estava se entregando.

Adentrou a casa, devidamente protegida, a responsável por toda aquela mobilização comunitária. Malú pediu um relatório da situação e após as informações, ordenou que o doente fosse levado ao hospital.

— Mas a gente precisa de um responsável pelo jovem, alguém da família que autorize isso — avisou o socorrista.

Malú perguntou para Bibiano quem morava com ele e onde a pessoa estava naquele momento.

Bibiano, que não tirava os olhos de Malú, ainda demorou para responder. Ela teve que repetir a pergunta. Bibiano saiu da letargia e respondeu quase sem saber:

— Sei lá do véio. Ele deve tá com a barriga encostada no balcão do boteco.

— E não tem mais ninguém por você? — insistiu Malú.

— Logo, logo nem eu vou ser por mim.

Malú afirmou resoluta:

— Podem levá-lo.

— Mas, minha senhora, e o responsável? — perguntou o socorrista.

— Tá falando com ela. É só mostrar onde eu assino e chega de perder tempo.

Bibiano esqueceu as dores e parou de tossir por um momento. "Quem era aquela mulher que se achava no direito de retirá-lo do fundo do poço? Quem era ela que o deixava com uma sensação de segurança que ele nunca mais havia sentido?"

Essa curiosidade já foi o suficiente para mantê-lo vivo até a chegada ao hospital onde foi inserido no protocolo de tratamento da Covid-19, mesmo antes da confirmação do exame. Enquanto isso, lá na comunidade, o pai de Bibiano, encontrado no bar, foi levado para casa e orientado a não sair pelos próximos dias. Em último caso, serviriam uma dose de pinga duas vezes ao dia para manter o velho em isolamento. Todos os que estavam presentes no bar foram mapeados para acompanhamento ao longo da semana.

Malú terminou o seu dia mais aliviada. Tinha medo de ter entendido errado a mensagem do Preto-Velho e estar exagerando em tudo aquilo. Aquela estrutura de ambulância e de profissionais da saúde era a parte mais cara do projeto de combate ao coronavírus na comunidade. A campanha financeira nas redes sociais e algumas doações estavam indo bem. A maioria das lideranças da Brigada sugeria investir esse dinheiro na geração e distribuição de renda dos moradores, mas Malú foi categórica:

— Precisamos garantir a emergência em primeiro lugar, depois vamos matando a fome, garantindo a higiene e na sequência distribuímos renda para os moradores comprarem o gás ou pagarem o aluguel.

Sentiu-se culpada por um momento, já que o seu alívio tinha origem em um morador infectado. Mas logo se viu livre da culpa quando pensou em sua mãe e que toda aquela estrutura havia faltado para ela.

Bibiano foi o primeiro a usufruir da estrutura da Brigada da Saúde e Integridade Física e Mental da Comunidade.

O dia seguinte foi o pior na vida de Bibiano. Ali no hospital foi colocado em uma ala com vários outros pacientes que estavam com os mesmos sintomas que ele. Se não tivesse infectado com o vírus, era questão de horas para ser atingido. Ouviu quando o médico conversou com dois enfermeiros:

— Caso a situação piore, os três leitos restantes vão para aqueles da direita.

Bibiano, mesmo com dificuldades para respirar, olhou para os três pacientes que seriam salvos pela UTI. Para ele nenhuma surpresa na cor da pele dos escolhidos. Como artista de periferia e atento às questões raciais, sabia que naquele momento a carne mais barata do mercado continuaria sendo a carne negra. "Não fomos nós que trouxemos essa porra pra cá, mas seremos nós que pagaremos caro. A doença é democrática e não faz distinção, já o dinheiro e o racismo sim, e quem não for de pele escura nunca vai entender isso." Este foi o último pensamento lúcido antes de Bibiano mergulhar em alucinações e delírios. A febre alta não baixava com os remédios. Tudo que entrava pela boca, além de não ter gosto, saía de volta por ela.

A primeira pessoa que veio em seus delírios foi a mãe, falecida havia muito tempo. Ela fazia uma compressa utilizando pano e água fria e colocava na testa do filho. Como a febre não baixava, ela o levou até o banheiro para dar um banho gelado. Em alguns momentos, seu corpo se confundia com o do seu pai, e via então o velho xingando a mãe, que só queria curar o pai da bebedeira.

— Sua ordinária. Me deixe em paz. Eu bebo pra ser feliz, me deixe ser feliz.

E a mulher falava entre choro e riso:

— Meu filho, se aquiete que mamãe tá baixando sua febre.

E Bibiano olhou para cima e viu que ali não havia chuveiro. A água que lavava o seu corpo saía dos olhos vermelhos do pai. A barriga começou a doer. Ao olhar para baixo, já não era mais a mãe que ali estava. Jéssica, sua ex-namorada, é quem ocupava o lugar. E ela socava a barriga dele. E Bibiano tossia, tão forte que voltava à realidade despertado pela própria tosse. E depois tornava a alucinar.

O momento de alívio veio quando Malú apareceu em seu sonho. Parecia que ele havia passado por uma tormenta e chegou em um lugar lindo, com riacho, pessoas saudáveis e os animais, como um tigre, andando livremente entre as pessoas. Era uma cena que ele havia visto em um papel entregue pelas Testemunhas de Jeová. Ali estava Malú. Ela estendeu uma das mãos, e com a outra retirou a máscara que lhe cobria o nariz e a boca. Bibiano teve medo, escondeu os olhos rapidamente.

— Qual o problema, a minha luz te cega? — pergunta Malú.

Bibiano lembra do que passou por ter amado a professora e depois Jéssica.

— Tenho medo.

— Medo de quê? O pior já passou. Tire a máscara.

— Não posso!

— Pode sim! É a única forma de você viver.

Bibiano abre uma fresta entre os dedos e olha pra Malú. "Ela é linda", pensa. Começa a tirar a máscara. Por um momento hesita. "Mas e se com ela for igual?" Malú insiste.

— Vamos, querido, me ajude a continuar salvando vidas.

Bibiano coloca na balança. Não sabia o que lhe esperava na morte. Na vida, o "não" era constante, mas já havia se acostumado. Então riu.

— Por que ri, meu Poseidon negro?

— Porque na vida a gente apanha e se machuca, e aprende a lidar com a dor.

— Posso considerar isso como um "sim"?

Bibiano retira a máscara e estende a mão para Malú. Os dois caminham de mãos dadas para longe daquele paraíso, rumo à vida real em uma das maiores favelas da América Latina.

Eram nove da manhã quando o médico passou examinando os pacientes. Bibiano tinha acabado de acordar e reclamava com uma das enfermeiras. O médico queria saber se era mais um paciente revoltado com as condições do hospital. A enfermeira informou que o paciente queria tomar café.

— Ué, já não passaram servindo?

— Sim, doutor, mas o que ele quer é um café preto, puro.

O médico estranhou.

— Mas não era este paciente que estava mal ontem à noite, com febre, tossindo muito e com a respiração ofegante?

— Sim, o próprio.

O médico chegou até a cabeceira de Bibiano e enquanto o examinava perguntou como ele se sentia.

— Fora a vontade de tomar um café, estou me sentindo bem, doutor.

— Respire fundo... Ótimo... Tosse... Maravilha... Consegue se levantar?

Bibiano levantou-se da cama com um pouco de esforço. E entre boquiaberto e surpreso o médico disse:

— Rapaz, você aparenta estar muito melhor do que ontem. Vou pedir uns exames e conforme o resultado te mando pra casa ainda hoje.

Era final de março. O país todo estava em quarentena graças aos decretos dos governadores. O presidente, contudo, era contra. À boca miúda, comentava-se que esse vírus era uma ótima chance para exterminar a população mais pobre, sobretudo os idosos que já não contribuíam com o progresso do país e oneravam os cofres públicos com a aposentadoria e o uso dos hospitais. E enquanto deputados e senadores articulavam a aprovação de um auxílio emergencial no valor de seiscentos reais, o presidente queria liberar apenas uma pequena parte desse valor. Soube-se depois que a maioria desses representantes do povo articulavam o auxílio visando as eleições daquele ano. E que muitos governadores eram mesmo a favor de não decretarem quarentena, mas já que o presidente era contra, eles foram na contramão. No meio desse jogo político, o povo.

Lá na comunidade, Malú e as outras lideranças trabalhavam sem parar. Eram cerca de cem mil moradores e a maioria tinha emprego informal. Alguns vendiam hot dog, churrasco, bolo de festas, tupperware e cosméticos. Esses já não tinham para quem vender. Outros eram pedreiros, seguranças e diaristas. Ficaram todos desempregados da noite pro dia, principalmente as diaristas, que em sua maioria não tinham marido e, sozinhas, eram responsáveis pelo sustento da casa.

A pandemia não havia começado pra valer e Malú já se sentia a protagonista de *Teresa Batista cansada de guerra*, de Jorge Amado, seu livro preferido. Apesar de extenuada, resistia, porque sempre tinha algo que levantava seu moral, como no dia anterior, em que ela foi com um coordenador de rua levar uma cesta básica pra uma família.

Na hora em que ela se retirava da casa, o chefe de família segurou-a no quintal e disse que tinha vindo do sertão do Nordeste para dar uma vida digna à esposa e aos quatro filhos, e que nunca tinha passado por uma situação assim, nem mesmo lá de onde vinha.

Com lágrimas nos olhos, agradeceu-a por ter evitado que ele cumprisse uma promessa antiga de tirar a própria vida caso visse a família passar fome. Perguntou se Malú aceitava uma oração. Ela concordou gesticulando com a cabeça, pois não tinha palavras para responder ao que acabara de ouvir.

Na manhã seguinte, Malú chamou uma reunião com as principais lideranças da Brigada. Precisavam discutir ideias que gerassem renda aos moradores que perderam seus empregos. E foi uma reunião produtiva. Dali saíram outras ideias pioneiras pra salvar muitas famílias. Uma delas foi a criação de um aplicativo em que interessados poderiam apoiar uma diarista com um auxílio de duzentos e cinquenta reais mensais, mais uma cesta básica e um kit de higiene e limpeza. O interessado nessa ação poderia optar só por doar ou ser um contratante que estaria pagando adiantado e que depois, quando o pior já tivesse passado, teria o serviço executado.

Outra ideia bacana foi uma "vaquinha on-line" pros restaurantes da comunidade que haviam perdido cerca de oitenta por cento do faturamento. Quem quisesse contribuir, doaria o valor de uma marmita de dez reais. Esse dinheiro, além de comprar os ingredientes para as marmitas, também pagaria o salário das cozinheiras. As marmitas seriam doadas para as famílias que estivessem sem gás em casa.

Cansados de noticiar as mortes diárias pela Covid-19, veículos de comunicação passaram a divulgar a experiência daquela comunidade. Malú e as outras lideranças da Brigada da Saúde e Integridade Física e Mental da Comunidade dividiam seu tempo entre a solidariedade e as entrevistas por telefone e pela internet. Eram jornalistas da TV, do rádio e de sites do país todo que queriam saber mais a respeito daquela experiência social inovadora. A partir daí lideranças e associações de diversos lugares também passaram a procurá-los pra entender as iniciativas e colocar em prática mais tarde nos lugares onde moravam.

E a curva de contágio do vírus teve que abrir espaço pro contágio da Brigada, cujas iniciativas inspiravam até as pessoas das cidades do interior aonde a pandemia ainda não havia chegado. As ideias da Brigada inspiravam também as comunidades que viviam em extrema pobreza. Houve casos em que nesses lugares mais pobres, com esgoto a céu aberto e ruas de terra, os moradores se uniram, juntando os alimentos das casas em um só lugar e dividindo pra todos em quantidades iguais. Noutro bairro, uma mesa foi montada com diversos alimentos e produtos de higiene. Um cartaz dizia: "Se estiver precisando, pegue. Se em casa tiver sobrando, doe".

Ninguém mais queria esperar pelo governo, porque sabiam que de lá nada viria. A estrutura do poder público já não dava conta antes, e muito menos agora com a pandemia.

As prefeituras e os estados viram todas aquelas ações com bons olhos, já que aliviavam (e muito!) a responsabilidade do poder público. Por outro lado, era vergonhoso que, mesmo com os impostos sendo pagos por todos, o governo não conseguisse salvar a população no momento em que ela mais precisava.

Bibiano estava de volta à comunidade. Chegou e já não encontrou o seu pai, que fora internado no dia anterior, também com suspeitas de Covid-19. O pai não teve a mesma sorte que o filho. Morreu antes mesmo de sair o resultado do exame. Bibiano recebeu a notícia como quem recebe uma nota cinco na prova final: não sabia se chorava por não ter tirado nota dez ou se ficava satisfeito por ter sido aprovado. Era uma mistura de sentimentos. Ele se salvou, mas seu pai morreu.

O velho já demonstrava ter desistido da vida havia alguns anos. Desde que a esposa morrera que ele vinha definhando. Foi ficando desgostoso também com a profissão. Pedreiro de mão cheia, ele se via sendo trocado pelos amadores que cobravam uma ninharia pelos serviços. Eram os "Zé Pinguinha", como ele dizia.

— O cabra cobra cinquenta conto o dia pra depois gastar com pinga. E ainda faz um trabaio malfeito que o dono vem depois me chamando pra consertar. E é aí que eu cobro o dobro.

O problema é que ninguém mais confiava no velho, que a cada dia se tornava mais dependente da cachaça. Até que chegou 2020 e o que entrava de dinheiro em casa vinha dos trabalhos que o filho fazia grafitando as portas dos comércios da região.

Bibiano queria ver o rosto do pai pela última vez, mas isso não era possível. Mesmo dizendo que já tinha sido infectado e curado, não o deixaram se despedir dignamente do último familiar que lhe restara. O caixão, lacrado, desceu rapidamente ao buraco e Bibiano olhou pros dois lados do cemitério. Foi aí que a ficha caiu de verdade: nenhum amigo, parente ou inimigo. Caiu de joelhos na beira da cova:

— Então é assim que acaba, pai?

E chorou. Os dois coveiros, depois de encherem o buraco de terra, saíram indiferentes, rumo à descida de outros corpos que chegariam dali a alguns minutos.

Começou a garoar uma água fina, dessas que parecem cair somente em dias de enterro. Melancólico, pensativo, Bibiano só saiu de lá porque o cemitério precisava fechar. Chegou na comunidade com os joelhos sujos de lama. Tomou banho e, aproveitando que a garoa já tinha cessado, jogou a mochila nas costas e saiu escrevendo pelas ruas:

Pai, eu não te disse, mas eu te amo
Pai e Mãe, agora juntos para sempre
Bi²ano

E para terminar a noite, resolveu iniciar a sua militância contra a Covid-19:

Fica em casa! O vírus é grave

No dia seguinte, avisou ao coordenador da sua rua que estava à disposição pra ajudar no que fosse preciso. Logo foi requisitado pra auxiliar os moradores no recebimento do auxílio emergencial, principalmente os idosos que mal sabiam baixar o aplicativo no celular.

Não demorou e os resultados da ajuda de Bibiano começaram a aparecer. De imediato, as lideranças da Brigada não entenderam a grande concentração de moradores no portão de Bibiano. Todo dia, de manhã até o começo da noite, sempre tinha uma aglomeração por lá. Depois não havia mais horário, até de madrugada aparecia gente no portão do rapaz. Isso porque, ao longo do dia, o aplicativo da Caixa Econômica Federal ficava congestionado e era durante a madrugada o melhor período para as tentativas de acesso ao sistema. Bibiano atendia todo mundo com a maior boa vontade. Além de ajudar os moradores, ocupava a mente pra esquecer da ex e do baque que fora a morte e o enterro do pai.

No entanto também havia outro motivo. Chamar a atenção da Brigada era algo estratégico, mas que não funcionou. No dia em que chegaram algumas lideranças no portão de sua casa pra ver o que se passava, Bibiano ficou frustrado por não ver o rosto que ele tanto queria. Quando iam embora, Bibiano arriscou perguntar da moça que o salvara da morte. Mas disfarçou:

— Ei, por um acaso vocês... É... Não saberiam me dizer... É... Se a Brigada não tá precisando de mais gente na linha de frente?

Disseram que sim, mas que por enquanto ele estava no lugar certo e fazendo a coisa certa. Mandariam mais beneficiários do auxílio emergencial pra ele ajudar. Bibiano ficou contrariado. Nem conseguiu saber de Malú, e muito menos ser chamado pra trabalhar mais próximo dela. Pelo menos estava sentindo-se útil e importante. No fundo, todas as ações de solidariedade têm algum interesse pessoal e intransferível. Ninguém é só bonzinho neste planeta. E o motivo mais nobre é querer se sentir prestativo. É isso o que move os moradores de periferia, porque eles sim sabem o valor de uma mão estendida para acudir alguém no meio do afogamento social.

A presença dos moradores diante do portão de Bibiano diminuiu. Mais da metade já tinha recebido a primeira parcela do benefício e o restante já havia aprendido a mexer no aplicativo e a se virar sozinho. Só aguardavam a aprovação por parte do banco. O problema era que aquela mensagem, vista todas as vezes que entravam no aplicativo, dava uma tremenda sensação de impotência.

Situação:
Em análise

Já que Bibiano não tinha como ajudar dali, começou a ir à fila do banco de madrugada pra guardar lugar pros mais idosos. Depois ia à padaria, ao supermercado, à feira, sempre para aqueles que não podiam sair de casa, ou por serem do grupo de risco, ou por estarem infectados e isolados. Ao final do dia, ele dava um jeito de passar na sede da Associação de Moradores, onde estava funcionando a Brigada, só para ver Malú.

E o encontro dos dois passou a ser constante. Ela já havia notado Bibiano e se lembrava do dia em que se responsabilizara pela ida dele para o hospital. Sabia também da morte do pai do rapaz e do quanto ele estava ajudando a comunidade. Só não sabia do seu interesse por ela.

Bibiano queria vê-la sem máscara. Torcia para que seu interesse acabasse quando visse todo o rosto da moça. Demorou a acontecer, mas num dia em que Bibiano resolveu trombar com ela de propósito, a máscara de Malú se soltou, e a intenção do rapaz caiu por terra.

Como no sonho em que teve, ela era mesmo linda. Por um momento, se arrependeu de ter visto aquele rosto por completo. Teve vontade de ir embora, fugir como quem corre do seu destino, entretanto ficou paralisado como se tivesse virado pedra. Até fingiu uma dor no rosto causada pela trombada, para tapar os olhos, mas já não era possível resistir. Suas forças foram minadas pela energia que o seu corpo utilizava para fazer o coração bombear sangue.

— Poderia ao menos me pedir desculpas — reclamou Malú, enquanto arrumava a máscara.

— Pô, foi mal. Tô com a cabeça a mil.

— Te entendo, Bibiano. Tá todo mundo assim.

— Como sabe meu nome?

— Ué, além de te mandar para o hospital à força, eu sou fã dos seus grafites. A propósito, meus pêsames pelo seu pai.

— Obrigado.

— Se tiver de boa, me ajuda a despachar umas cestas?

— Claro.

E foram para dentro da Associação. Uma sensação de bem estar invadia Bibiano. Não se sentia assim desde aquele dia em que a sua ex-namorada terminou o relacionamento com ele.

Os dias que se seguiram foram de aproximação entre Malú e Bibiano. Já pareciam velhos amigos, mas sem o precioso detalhe da intimidade. Bibiano sabia que a amizade muitas vezes acaba com a possibilidade de um namoro, pois quando vão ver já estão se xingando como forma de cumprimento e sendo cúmplices da paixão deles pelas outras pessoas.

Malú é multitarefas, além de liderança importante também presta serviços para uma ONG educacional que atende escolas nas periferias e nas zonas rurais. Por onde passa, faz bonito e bem-feito. É de uma inteligência única e saca vários assuntos. Mas demora para perceber o flerte de Bibiano. Para ele já não é somente paixão. Suas veias mandam sangue para o cérebro na mesma proporção que enviam ao coração e criam nos olhos dele um brilho que Malú não entende. Porém, pelas perguntas, ela compreende que ele a admira:

— Você já pensou em sair candidata?

Malú ri:

— Não. Não tenho intenções político-partidárias.

— Mas você é uma liderança importante. Estamos carentes de pessoas como você na política.

— Te entendo, Bibiano, mas esse mundo não me faz bem. O que me faz bem é poder continuar o legado da minha mãe.

E conta para ele tudo o que sua mãe promoveu em vida. Em certo momento, Bibiano se lembra quem foi a mãe de Malú:

— Poxa, então a dona Rosa era a sua mãe? Caramba, na minha infância, eu era figurinha carimbada na distribuição dos doces do Cosme e Damião que ela fazia. Eu chegava cedo para ser um dos primeiros da fila.

Malú relembra do mês de setembro, quando sua mãe transformava a casa em um atacado de doces e brinquedos. Nunca foi um mês qualquer. Até ela, ainda criança, ajudava a mãe. A parte que mais gostava era de carimbar as costas das mãos daqueles que já tinham recebido sua sacola de doces e brinquedos.

Malú mal conteve a emoção. Bibiano percebe e a abraça longamente. Foi neste abraço que Malú sentiu um conforto verdadeiro, como não vivenciava desde a morte da mãe. E estranhamente sentiu a mesma satisfação de quando carimbava os outros na fila do Cosme e Damião. Só não sabia que aquela sensação era relacionada com o carimbo que imprimia no coração de Bibiano. A diferença é que o carimbo da infância saía com água e sabão.

Bibiano demorou no abraço, para segurar a vontade de se entregar loucamente com os seus lábios tocando os dela. E só quando teve a certeza de seu controle é que seus braços a soltaram.

— Obrigado, Bibiano. Eu precisava de um abraço assim.

Enquanto as escolas particulares se preocupam para que não haja lacunas no conteúdo para os seus alunos que pagam altas mensalidades, os professores da rede pública não entregam somente atividades para suas turmas. Muitos vão na porta da casa deles para entregar cestas básicas. Porque não é somente a questão de não ter internet para a educação à distância. É também sobre o que comer, uma vez que muitos alunos têm na merenda escolar a única refeição de verdade ao longo do dia.

E nas periferias essa realidade é multiplicada, muitas vezes, por sete, oito pessoas na mesma casa. Isso é irônico perto de uma recomendação da Organização Mundial da Saúde, que pede para que se evite aglomerações e se mantenha o distanciamento. Como manter o distanciamento em uma casa que a cama de solteiro é dividida por duas ou até três crianças? Como evitar o contágio em casas em que o mesmo cômodo é quarto, cozinha e banheiro?

Muitos brasileiros não conhecem essa realidade e muitos outros a ignoram. Malú e Bibiano conhecem bem e vivem de perto essa situação. Por isso, se entregam a semana toda ao trabalho. Sendo assim, também esquecem seus problemas. Ela, a morte da mãe. Ele, a morte do pai e o fim do relacionamento. Os dois, nessa luta, não queriam mais nada em troca. Já estavam satisfeitos em se sentirem úteis.

Em uma das conversas, durante o trabalho na Brigada, Bibiano questiona o suspiro preocupado de Malú:

— O que tanto te preocupa, Malú? Há dias te sinto assim.

— Já leu Karnal? "Tão importante quanto atravessar o deserto é saber o que fará após ele."

— Poxa, eu no seu lugar não me preocuparia. Você é guerreira, terá muita coisa pra fazer depois da pandemia.

— Mas eu não estou pensando em mim. O que será dessas pessoas, desempregadas, sem formação, sem inglês e sem saber dominar as ferramentas digitais? O mundo pós-pandemia vai ser muito mais cruel.

Bibiano se calou. Não somente pela verdade da fala de Malú, mas também porque não tinha o que dizer. Malú é perspicaz e olha lá na frente. Bibiano só sabe o que diz o coração.

As semanas seguintes foram de aumento do número de casos e da (triste) tomada de liderança do país em várias situações, inclusive no ranking do número de mortos. Já eram mais de quarenta mil óbitos e quase novecentos mil infectados. Os presidentes das outras nações já proibiam voos para cá.

Não bastassem essas situações bastante graves, os chefes políticos que haviam segurado a quarentena até aqui já falam de flexibilização sem nenhuma resposta técnica em mãos. Um dos médicos que assina o protocolo de afrouxamento da quarentena no estado em que a Brigada funciona disse em entrevista na rádio que flexibilizar a quarentena neste momento é como jogar lenha na fogueira.

As lideranças da Brigada ouvem perplexas essa declaração. Se o profissional que assina esse protocolo fala dessa forma, é porque já sabe o que vai acontecer. Uma espécie de tragédia anunciada.

Todos sentiram que o que foi feito até ali, em todos os lugares do país no que se refere aos atos de solidariedade de pessoas como eles, foi apenas um adiamento do genocídio da população mais pobre. O clima que tomou conta da Associação foi de desânimo. Inclusive Malú, que, em um momento de lucidez, lembrou do personagem Sansão de *A revolução dos bichos*, de George Orwell. Sansão era um bicho enorme, de quase um metro e noventa de altura, forte como dois cavalos robustos. Não era inteligente, mas conseguia ser respeitado graças ao caráter e seu empenho infatigável. Muitas vezes todo o trabalho da granja parecia estar destinado a ele. Dias inteiros e ele lá, puxando e empurrando, trabalhando pesado mesmo. E seu lema, diante de cada desafio, era "Trabalharei mais ainda".

Malú via a solução do personagem de Orwell como uma maneira de animar as pessoas. Mas Sansão era só corpo e Malú era muito mais que uma carregadora de cestas básicas. O momento exigia ganhar tempo para ter uma solução eficaz depois. Então, desfiou um discurso tremendo, como disse uma das lideranças da Brigada que era pastor evangélico.

E ela finalizou:

— Não é de hoje que sobrevivemos e fazemos sobreviver o nosso povo. Pensem nos indígenas que resistem até os dias atuais. Pensem em nós negros que levantamos todos os dias e pensamos que esse pode ser o nosso último dia sobre a Terra, pois em qualquer momento seremos surpreendidos na próxima esquina pelo racismo violento que nos persegue desde quando fomos sequestrados na velha África. Pensem nas mães dessa comunidade que, como a escritora Carolina Maria de Jesus, acordam pensando onde e como irão conseguir dinheiro para o café da manhã dos seus filhos. Pensem, queridos integrantes do maior movimento de solidariedade que já teve este país. Vocês têm o direito de desanimar e voltar pra casa. Mas também têm o dever de entender que o que fizemos até aqui não foi nem metade do que esses que têm o poder de decisão fizeram por nós.

Neste momento, o salão da Associação parecia um lugar de festas, ou mesmo de uma igreja periférica de garagem onde seus membros gritam felizes na mais pura exaltação ao Senhor:

— Viva!

— Vamos pra cima!

— É isso aí, Malú!

— Tremendo!

E Malú inflamou os soldados para a luta pela vida:

— Vamos trabalhar para reduzir o impacto das decisões desses homens brancos, ricos, héteros, de meia idade e que contam com hospitais de luxo dentro de suas próprias casas.

Era o que precisavam ouvir. Malú energizou a todos com seu discurso afiado, crítico e humanitário. Todos saíram dali não apenas convictos de continuar na luta pela vida, mas também decididos a inflamar os seus familiares, amigos e vizinhos, levando-os a lutar por uma vida mais digna e com mais qualidade, para que, após a travessia do deserto, pudessem se preparar para a próxima pandemia: a pandemia da individualidade geral, que nasce de uma minoria burguesa e vem contaminando toda a humanidade.

Depois do discurso daquele dia, Malú e Bibiano dormiram juntos. Ele, apesar de não caber em si de felicidade, percebera que Malú, além de ser resistente na vida, era também resistente no amor. Em nenhum momento daquela noite, dera brecha para Bibiano adentrar nos limites do seu coração. Entretanto, ele sentiu que tinha chances.

Na Associação, após carregarem a kombi com mantimentos e produtos de higiene, os dois conversavam sobre a pós-pandemia:

— Depois que passar o deserto, entre dividir sua vida com alguém ou ficar sozinha, o que você prefere? — provoca Bibiano.

Malú pega um pacote de máscaras e vai saindo enquanto responde:

— Essa é uma escolha que prefiro não fazer. Tem coisas que não dependem da nossa cabeça para decidir; às vezes, só o destino é capaz disso.

Bibiano lembra da frase que tanto escrevera nos muros por aí:

O universo conspira a nosso favor
A consequência do destino é o amor

E dessa vez foi movido mais pela cabeça que pelo coração. Disse baixinho:

— Eu escolhi você. Eu sou o seu destino.

E saiu logo em seguida para alcançar Malú.

Sobre o autor

Sacolinha (Ademiro Alves de Sousa) nasceu em São Paulo, em 1983. É formado em letras pela Universidade de Mogi das Cruzes (UMC). Recebeu diversos prêmios por seus romances, livros de contos e crônicas. Atualmente realiza o projeto "Literatura e Paisagismo — Revitalizando a Quebrada", que tem por objetivo a intervenção em espaços públicos com literatura, grafite e o plantio de árvores.

*O autor agradece a Luciana Sacramento
Moreno Gonçalves pela primeira revisão.*

© Sacolinha, 2020

A história deste livro não se refere a pessoas e fatos concretos, inclusive não é localizada em nenhum estado brasileiro, embora seja inspirada pela realidade de muitas periferias onde residem pessoas que perceberam a situação local em um momento de emergência e tomaram atitudes para reduzir os danos.

O trecho grafitado à página 33 é retirado da canção
"De janeiro a janeiro", composição de João Caetano Da Silva,
Paulo Henrique Martins Levi, Roberta Cristina Campos Martins.

Todos os direitos desta edição reservados à Todavia.

Grafia atualizada segundo o Acordo Ortográfico da Língua
Portuguesa de 1990, que entrou em vigor no Brasil em 2009.

capa
Todavia
composição
Manu Vasconcelos
revisão
Huendel Viana

1ª reimpressão, 2022

Dados Internacionais de Catalogação na Publicação (CIP)

— —

Sacolinha (1983-)
Entre amar e morrer, eu escolho sofrer: Um conto da pandemia: Sacolinha
São Paulo: Todavia, 1ª ed., 2020
40 páginas

ISBN 978-65-5692-019-1

1. Literatura brasileira 2. Conto 3. Ficção contemporânea I. Título

CDD B869.4

— —

Índice para catálogo sistemático:
1. Literatura brasileira: Conto B869.4

todavia
Rua Luís Anhaia, 44
05433.020 São Paulo SP
T. 55 11 3094 0500
www.todavialivros.com.br

fonte
Register*
papel
Pólen soft 80 g/m²
impressão
Forma Certa